AF346388

1892 Décembre 9

Tableaux

et Aquarelles

par

Ch. DONZEL

VENTE

du Vendredi 9 Décembre 1892

HOTEL DROUOT

Salle no 8

EXPOSITION

Le Jeudi 8 Décembre 1892

de 1 h. 1[2 à 5 h. 1[2

IMPRIMERIE LAMBERT & Cie

15-17, rue des Martyrs

PARIS

TABLEAUX

ET

AQUARELLES

PAR

Ch. DONZEL

DONT LA VENTE AURA LIEU

HOTEL DROUOT, SALLE N° 8

Le Vendredi 9 Décembre, à 2 h. 1/2

———··∞··———

Par le ministère de **Léon TUAL,** Commissaire-Priseur,
rue de la Victoire, 56

Assisté de **M. BERNHEIM** jeune, Expert
Paris, 8, rue Laffitte — Londres, 185, Picadilly

———————

EXPOSITION

Le Jeudi 8 Décembre 1892, de 1 h. 1/2 à 5 1/2

PARIS — 1892

CONDITIONS DE LA VENTE .

———

Elle sera faite au comptant.

Les acquéreurs paieront, en sus des adjudications
cinq pour cent, *applicables aux frais,*

Imp. Lambert et Cie, 15-17, rue des Martyrs.

Charles DONZEL

Il est des morts qu'on ne laisse pas mourir...
Une amitié fidèle pour qui l'homme est toujours
vivant veut que l'artiste également soit, dans la vie
réelle, aussi vaillant que nous l'avons connu quand
il convoquait, dans une salle d'exposition et de
vente, rivaux et amateurs.

Il ne défiait pas, le cher doux homme. Il se me-
surait. Voilà tout. Il étudiait ses forces. Aujour-
d'hui, c'est, l'ensemble de son œuvre que vous êtes
appelés à juger et à jauger.

Charles Donzel, qui est né en 1824, à Besançon,
dans la vieille ville où l'art pour ainsi dire sort
des murs, n'a jamais été l'élève de personne.

Tout enfant, il aimait et cultivait à la fois dessin,
peinture, sculpture, musique. Le pauvre petit
épouvantait sa mère qui, voyant se développer
trop vivement le tempérament artistique de son

fils, se reprochait de l'avoir fait entrer dans l'école de dessin de la ville.

Charles lutta néanmoins contre elle et, attiré par la sculpture, frappa à la porte de l'atelier de Clesinger père.

Mais sa mère lutta aussi, tenta de faire diversion en le mettant à même d'exercer un art productif, le contraignit à suivre, comme violoniste, les cours du Conservatoire de musique.

Bien que sorti lauréat de l'école du faubourg Poissonnière, il déclara qu'il serait peintre. On le menaça de lui couper les vivres ; on le supplia de se laisser placer chez Susse où il deviendrait un commerçant distingué, capable de gagner beaucoup d'argent. Il n'eut pas le courage de résister, mais ne fréquentait que les artistes et, rentré chez lui, se mettait devant un chevalet.

En 1855, il se risqua à exposer, eut du succès et résolut alors très virilement de suivre une vocation si impérieuse. Il s'installa dans l'atelier de la rue des Martyrs où son corps n'est plus, mais où ses dernières œuvres étaient encore hier.

Pastel, peinture, aquarelle, eau-forte, céramique, que n'a-t-il pas fait, en trente-trois ans !

Dans l'un des derniers voyages du Président de la République, on admirait à Mâcon le salon de la Préfecture. C'est Donzel qui l'a décoré.

Charmé surtout par la nature, il l'étudia dans

toute la France, allant du Béarnais au Limousin, de l'Auvergne à la Normandie. D'où la diversité des sites qu'il a décrits.

La nature, il l'aime et il la saisit en chacune des saisons, à chaque heure du jour. Il peint les rochers et le ciel, les grands arbres et les buissons, la lumière et l'ombre.

Tout paysagiste, certes, a le droit de préférer une contrée, une saison, une heure, mais péut-on blâmer celui qui a tenté de la fixer ici ou là, comme elle était ?

Charles Donzel d'ailleurs, a eu, lui aussi, sans qu'il s'en doutât, une préférence. On pourrait l'appeler « le peintre du printemps. »

Personne mieux que lui n'a su saisir et rendre la transparence de la jeune feuille dans sa première verdure. Ses tableaux printaniers sont exquis. Leur jeunesse est restée et restera longtemps encore jeune. Ils ne participent d'aucune école. Ils ne sont soumis, comme tant d'autres qu'attend l'oubli, à aucune mode. Ce sont des Donzel.

Je ne voudrais pourtant point, bien que ce soit d'usage en une préface, ne célébrer que les vertus de l'artiste en cause. Donzel a, selon moi, un défaut dont certains peut-être feront, d'ailleurs, une qualité. Je le trouve trop correct.

Il a été dans ses œuvres ce qu'il était dans le monde, dans la vie.

Il n'a pas mis de gants à la nature, mais il ne l'a jamais peinte quand elle ne méritait point d'être regardée.

De même, son art n'est jamais lâché. « Tout ce qu'on montre, disait Donzel, doit être digne de ceux dont on brigue l'approbation. »

J'ai entendu, parfois, blâmer cette tenue, ce respect du modèle, de l'œuvre et du public, que notre cher Donzel se faisait gloire de professer.

Il eût considéré lui-même ce blâme comme un éloge.

C'est donc seulement pour les amateurs du correct et du fini, qu'est ouverte cette exposition.

Il est à croire que l'évocation printanière, que vont faire MM. *Bernheim* et *Tual*, attirera de nombreux collectionneurs, désireux d'avoir, l'hiver, en leur chambre bien close, la verdoyante et calme nature qu'aimait, surtout en juin, Charles Donzel.

Charles Chincholle.

TABLEAUX

1. VANNE DU VIEUX-MOULIN A SAINT-CENERY.
2. SOUS BOIS (Limousin(.
3. PONT DU COUDRAY (Orne).
4. ROCHE DE SAINT-LÉONARD.
5. LA PLAGE A DOUVILLE.
6. SOLEIL COUCHANT.
7. L'AUTOMNE.
8. LES ROCHES DE CLESEY.
9. LAVOIR SUR LA SARTHE.
10. SUR LE SARTHON.
11. MOULIN DE LA FOLIE (Creuse).
12. FERME LIMOUSINE.
13. LA PETITE CREUSE.
14. LA PLAGE A YPORT.
15. LE PONT DU COUDRAY.
16. EFFETS DU SOIR SUR L'OISE.
17. PROMENADE A VILLIER-SUR-MORIN.
18. A VILLER-SUR-MER.
19. CHEMIN DE PONTÉCOULANT.
20. VILLAGE SAINT-PIERRE-LA-VILLE.
21. LE SOIR (Limousin).
22 SOUVENIR DE RIBAGNAC.
23. EGLISE DE GOURNETS PRÈS DU HAVRE.
24. SUR LA CREUSE.
25. FERME NORMANDE (Yport).

26. Eglise de Saint-Aubin (Sarthe).
27. Vieux moulin de Saint-Aubin.
28. Aveney (Franche-Comté).
29. Moulin Saint-Pierre (Sarthe).
30. Village Saint-Aubin.
31. Parc de Pontécoulant.
32. Le bourg neuf a Fresnay.
33. Le vieux pont Saint-Cenery.
34. Bord de la Vienne.
35. Pontécoulant (Calvados).
36. Pont sur l'Orne.
37. Herbage (Calvados).
38. Le guet lomet (Sarthe).
39. La Sarthe a Fresnay.
40. Vue prise sur la Vienne (Limousin).
41. Amayé (Orne).
42. Environ du Mans.
43. Les roches près la Durance.
44. Pêche sur la Sarthe.
45. La Vienne.
46. La conversation.
47. La ferme.
48. Souvenir des vignes.
49. Sœur en prière.
50. Marine de Granville,
51. Paysanne d'Yport.

AQUARELLES

---

62. Lavoir a Fresnay.
63. Un vieux puits.
64. Pontécoulant.
65. Vanne sur le Doubs (Franche-Comté).
66. Vieux moulin a Thoraise.
67. Bord de la Seine.
68. Bord de l'Oise.
69. Coucher de soleil (Franche-Comté).
70. Le retour.
71. Une travailleuse.
72. Ribagnac (Limousin).
73. Ferme a Verneuil.
74. Laveuses sur la Vienne.
75. Vue du bourg neuf (Sarthe).
76. Bord de la Creuse.
77. Village (Limousin).
78. Grande fontaine (Doubs).
79. Les glaneurs (Franche-Comté).
80. La Vienne a Aixe.
81. Lespinasse.
82. Ferme a Baume-les-dames (Doubs).
83. Roche de Clesey.

106. Entrée des champs.
107. Roche d'Avenel.
108. Plage de Granville.
109. En Sologne.
110. La Vienne a Aixe.
111. Laveuses au bord de la Vienne.
112. Ruine près Chaluset.
113. Les roches a St-Léonard.
114. Une rêveuse.
115. Thoraise (Franche-Comté).
116. Sous bois, St-Cenery.
117. Bord de la Seine.
118. Pontécoulant.
119. Verneuil (Limousin).
120. Vieux pont a Solignac.